Nombre En Clave: Rata Blanca

Maison Arkonak Rhugen 7

Autor: Richardt Guitterzzi

Capitulo 1

Errores Humanos

"No creo que hayamos pensado en la guerra.
Era un viaje demasiado hermoso para pensar en la guerra".

Un joven sobreviviente del Lusitania, un transatlántico estadounidense
torpedeado frente a las costas de Irlanda.
Se hundió en 18 minutos, matando a 1198 personas.

--- Siéntate, Sabrina. – Preguntó la Condesa Narodja.

El terrana brasileña se sentó en un sillón en la oficina del Comandante Azteca. A su alrededor, los Arkonak la observaban con aire desilusionados. Algo serio debió haber sucedido,o ella lo había hecho.Simplemente no podía imaginar lo que podría ser.

--- Sabrina, - Comenzó el Comandante. --- ¿Dónde estabas el 7 de Mayo de 1915, el día del hundimiento del Lusitania?

Sabrina respiró hondo. Así que eso fue todo. La Lusitania.

--- El día 7 fue un día normal. Trabajé en una mansión,cuidando a dos hermosos niños. Pasé el día jugando con ellos en el jardín. La noticia del torpedeo sólo apareció en los periódicos al día siguiente, el 8.

Sabrina luchó por contener las lágrimas. Ese fue un recuerdo muy doloroso.

--- El dueño de la casa leyó los periódicos de la mañana durante el desayuno. Vi que estaba molesto. Me miró con una expresión de odio, pero no dijo una palabra. Enseñé alemán a sus hijos. Simplemente se levantó de la mesa con los periódicos y llamó a su esposa a su oficina. Pasaron unos 20 minutos discutiendo adentro. Desde afuera, se podían escuchar sus gritos. El marido parecía fuera de sí. La mujer trató de calmarlo.

La gaúcha se tapó los ojos con las manos.

--- Ni siquiera necesitabas ser detective para adivinar que me despidieron.¡Y yo amaba a esos niños!

Las lágrimas fluían convulsivamente, sin importar cuán fuerte las limpiara.

--- La señora me llamó a una esquina, y me despidió. Dije que reducirían los gastos y que ya no podían quedarse conmigo. Dijo que debía recoger mis cosas y marcharme antes de que volviera su marido.

Después de todo, Sabrina logró controlarse, al menos un poco.

--- La señora dijo que yo era una gran niñera. Muchas gracias por cuidar de sus hijos. Me pagó dos meses más como bonificación. Pero lo hizo sin poder mirarme a los ojos.

El brasileña miró al suelo.

--- Dijo que no debía intentar acercarme a la casa, ni a sus hijos. De lo contrario, el marido llamaría a la policía.

Respiró hondo y se armó de valor.

--- Ella me había prometido una carta de recomendación, para trabajar para sus amigos. Pero el esposo había prohibido cualquier relación conmigo.En ese momento,no podía entender el cambio. El día anterior me había tratado bien,casi como de la familia. Ahora, de repente, yo era un caso criminal, policial. Sólo más tarde leí el informe sobre Lusitânia. Un transatlántico estadounidense, lleno de civiles, en su mayoría mujeres y niños. Casi todos murieron. Más de 1000 personas.

Sabrina parecía más tranquila.

--- Después de eso, pasé los últimos meses haciendo pequeños trabajos temporales en los que no tenía que hablar mucho. Limpieza, ayuda con la costura, cositas... Pero al final, el acento alemán siempre se interponía. Hasta que llegaste tú, necesitando un perfumista. Debería haberlo sospechado. Llegaste en Agosto. No sabías del Lusitania. No podrías ser de este planeta. El mundo entero odiaba a los alemanes. Solo que no sabías nada.

El brasileña, de Rio Grande do Sul, se mostró más tranquilo.

--- Incluso entiendo a los alemanes, adoradores alienígenas. En este planeta, a nadie le gustan los alemanes.

Chayse se rió entre dientes.

--- Esa es nuestra chica. Incluso en el fondo, todavía tiene una broma.

Sabrina no encontró nada gracioso.

--- Quieres saber por qué no dije esto antes. Miedo, vergüenza, no sé. El hecho es que no tuve el coraje. Los vi disfrazados de personas neutrales,que no querían involucrarse en los problemas de este miserable pequeño planeta, y no podía hablar. No pude, eso es todo. Perdóname,no tuve el coraje de romper el hechizo. Yo fallé. ¿Estoy despedida?

La Condesa Narodja estaba muy seria.

--- Pones nuestras vidas en riesgo, Sabrina. Estamos usando disfraces ridículos. Nadie creyó jamás en nuestra neutralidad. Y no podíamos entender por qué. Deberías habernos advertido sobre tal tragedia.

Kracory intervino.

--- No entendí una cosa. Los alemanes torpedearon un barco estadounidense, mataron a civiles estadounidenses. En represalia,las tiendas alemanas en Estados Unidos fueron destrozadas. Después de todo eso, fuimos a la recepción en el Consulado Alemán, disfrazados de americanos, y fuimos recibidos por el Cónsul, Herr Oster. No entendí.

Alfred Chayse negó con la cabeza.

--- Arrogancia, arrogancia, arrogancia. Oster pensó que los torpedos intimidaban a los estadounidenses. Que los estadounidenses no se defendieron por miedo al Gran Reich del Kaiser. Pensó que habíamos ido a negociar una especie de rendición de los estadounidenses.

Completó Sonia.

--- Ya escuchaste lo que dijo Oster. Que, si ganaban la guerra, solo dejarían a sus enemigos lágrimas para llorar. Pero que podrían perdonar a los Estados Unidos si entraban en la guerra del lado de los alemanes.

Kelly estaba perpleja.

--- ¿Sigue pensando que los estadounidenses se pondrán de su lado?

--- Todo el mundo tiene derecho a pensar lo que quiere. Pensar es gratis.

--- El problema es que este idiota representa a un país, con millones de habitantes.

--- ¿Qué opinas,Comandante Azteca? Fuiste el único que no dijo nada,hasta que ahora.

Rodolfo Azteca escuchó todo, atento. Tomar decisiones difíciles era la carga de ser jefe.

--- Sabrina, conoces nuestra historia. Vinimos aquí con órdenes de esclavizar multitudes. Terminamos convirtiéndonos en perfumistas, para no convertirnos en puré de papas. No somos los mejor calificados para condenar a la gente común por la estupidez de sus gobernantes. Los poderosos deciden y los inocentes pagan. No es agradable decir eso, pero es la realidad, en toda la Galaxia. En cuanto a arriesgar nuestras vidas, hace unos días tenías una daga en tu garganta por nuestra culpa. Que yo sepa, nunca comandó submarinos ni disparó torpedos.Y si sospechara de ti y tuviera que ubicarte en la escena del crimen,probablemente serías una niñera jugando con dos niños, en la cubierta del Lusitania.

El Comandante miró a cada miembro de los Arkonaks uno por uno.

--- No te vamos a despedir, solo porque hablas alemán, y Alemania está en guerra con los demás terrícolas. Nos ocultaste un hecho importante porque tenías miedo. Podemos superar este episodio, con la condición de que nunca vuelva a suceder. Pero ahora, tendremos que tomar una decisión, y tú tendrás que decidir si vienes con nosotros o no. También puedes renunciar, es tu derecho. Acabo de regresar de la Embajada de los Estados Unidos, en La Haya.

Hubo un momento de suspenso. Finalmente, concluyó el Comandante.

---Básicamente, querían saber qué estaba haciendo un oficial naval estadounidense, en una recepción en el Consulado Alemán.

--- El Lusitânia fue torpedeado el 7 de Mayo. Junio, Julio, Agosto... – Dijo Chayse.

--- ¿Ir a una fiesta alemana, solo 3 meses después de tal tragedia? Se puso muy raro. ¿Lo que usted dice? – Preguntó la Condesa.

--- Improvisé. Luego solicité una videoconferencia con "Orion" para esta noche.

Chayse se movió en la silla. El detective ciego se pasaba el bastón de una mano a la otra.

--- ¿Qué le parecieron, Comandante? ¿Están los americanos ya en guerra?

Rodolfo Azteca pensó en la extraña reunión que había tenido en la Embajada.

--- Por ahora, siguen desorientados. Por un lado, quieren venganza. Por otro lado, no quieren meterse en los problemas de Europa, si fueran mexicanos robando ganado en Texas, los vaqueros ya habrían invadido México. Pero un submarino alemán, hundiendo un transatlántico americano, lleno de mujeres y niños, nunca imaginaron que esto podría pasar. Pero las sorpresas son cosas momentáneas. Woodrow Wilson es un filósofo platónico, un poeta parnasiano, que vive en un mundo color de rosa. Mientras los civiles estadounidenses están siendo asesinados, él quiere mediar en una paz sin ganadores, en una guerra que terminaría con todas las guerras. No sé de dónde saca estas locuras. Cualquier otro presidente ya estaría colaborando con los aliados. Incluso si no estuviera enviando tropas todavía, ya estaría enviando armas y dinero.

--- ¿Y el personal de la Embajada?

--- ¡Fue una situación inusual! No sabían si acusarme de ser un espía estadounidense e involucrar a los Estados Unidos en la guerra europea, o de no ser un espía y simpatizar con los alemanes. ¡No sabían qué camino tomar! ¡No sabían qué preguntar! ¡Parecían cucarachas tontas!

--- ¿Dijiste que eras un espía americano?

--- ¡Profesor Kracory! ¡Estados Unidos no tiene Servicio Secreto en 1915!¡Solo ellos lo pensarán en los Años 40! El Presidente Wilson considera poco caballeroso espiar a países extranjeros. Te lo estoy diciendo. El tema es un profeta mesiánico del Antiguo Testamento.

Sabrina observó a los hombres abatidos, abatidos y se volvió hacia Sonja Narodja.

--- Condesa, usted es una espía. ¿Puedo tomar la pastilla de cianuro ahora?

--- Todavia no. Roy, te lo preguntaré de nuevo. ¿Qué hiciste en la Embajada?

El Comandante se enfrentó al grupo y explicó su plan.

Todos empezaron a temblar, como si tuvieran fiebre amarilla.

Todos menos la Condesa Sonja Narodja.

--- Condesa, - Preguntó Sabrina, --- ¿Puedo tomar el veneno ahora?

--- Aún no, Sabrina. Su plan es tan loco que incluso podría funcionar. Pero primero, hablemos con "Orión".

xxxxxxxxxxxxxxxxxxxxxxxxxxxxxxxxxxxxxxxxxx

--- Comandante Azteca, leí su informe. Y tu sugerencia. ¿Es realmente tan grave la situación?

La voz de "Orión" era lenta y reflexiva. Su mirada recorrió las expresiones de la Familia Arkonak, transmitidas en la pantalla. Fue una videoconferencia bastante tensa.

--- Sí, Señor.

--- Mayor Narodja, Condesa en la vida civil.

--- Sí, Señor.

--- Eres un oficial de Contraespionaje. ¿Cómo califica su situación?

--- Tengo que estar de acuerdo con la evaluación del Comandante. Nuestra caída es simplemente cuestión de tiempo. Tal vez días, tal vez horas.

--- El Comandante es un militar. Yo también. Entendí perfectamente su punto de vista. Ya eres un espía. Me gustaría escuchar su análisis de la situación.

--- El principal error de este Operativo, desde un inicio, fue la falta de un adecuado trabajo previo de recolección de información. Faltaba el reconocimiento de campo y la identificación correcta de objetivos. Vinimos a buscar antídotos en el Planeta Tierra, sin saber exactamente dónde estaban los antídotos. Se apostaba a que, una vez aquí, obtendríamos información por la fuerza bruta. Esto fue un error, generó confusión y abrió el camino para dos traiciones, que nos hicieron muy difícil permanecer aquí, en este planeta.

--- Continúe, Mayor Narodja.

--- La primera traición del Mayor Blum fue muy grave. Todos podríamos haber muerto, allí mismo, al llegar. Sólo conseguimos esconder el barco en el fondo del mar,y arreglar disfraces, para circular por tierra firme.Tuvimos mucha más suerte que sentido común.

--- En esto, estamos totalmente de acuerdo. Continuar.

--- Pero la segunda traición nos golpeó duro. Y por sorpresa. Entiendo los motivos de la Teniente Jill Dalshin. Perdió a su hermano, la única familia que tenía, en Polaris. Era frágil y vulnerable. Y fue capturada por una secta, que saben aprovechar situaciones como esta. A pesar de estos factores atenuantes, el hecho es que el Teniente Dalshin nos traicionó y entregó todos nuestros secretos a la secta.

--- Las sectas son muy primitivas. Los líderes son fanáticos ignorantes o pícaros de quinta categoría. Unos cuantos contactos correctos con la Policía y acabaremos con el cautiverio. Vamos a encontrar mujeres maltratadas, amarradas, hambrientas... Si hay algún poderoso de por medio, terminará tan desesperado que se pegará un tiro en la cabeza. Ya vimos cómo termina esta película.

--- No con las Valquirias. Fueron creados por una mujer poderosa que quería gobernar un país. No vamos a rescatar al Teniente Dalshin,atada en un sótano.Encontrémosla de nuevo como una dama de sociedad, cubierta de joyas. Y atrayendo nuevas seguidoras.

     Kracory intervino.

--- Ese es el problema, Almirante "Orion". Ella no es una víctima de las Valquirias, para ser protegida. Ella es una Valquiria. No podemos simplemente rescatarla y traerla de vuelta. Ahora, ella es una de ellas.

--- Entonces, usted piensa que perdimos al Teniente, y que esa pérdida es definitiva.

--- Lamentablemente, sí, Señor.

--- ¿Cuál es la magnitud del daño que estas Valquirias pueden hacernos?

--- No lo sabemos, Señor. Son muy impredecibles.

--- Usted dijo en su informe que esta Madame Lupin trabaja para el Servicio Secreto Francés. ¿Podría ella chantajearte y obligarte a trabajar para ellos?

--- Es una posibilidad,sí. Pero sería más correcto decir que el Deuxiéme Bureau trabaja para ella. Solo le mostrará qué y cuándo le conviene. Su padre no se hizo famoso por compartir sus secretos con la Policía.

--- Y después de que viste morir a tu hermano, vistiendo un uniforme rojo, como si fuera un blanco de tiro, debes pensar que todos los militares son idiotas. Con todo respeto, Comandantes "Orion", Azteca, Mayor Narodja, Teniente Falzburg.

     Había silencio. Chayse había dado en el clavo, como de costumbre. Todos lucharon por contener la risa.

     Fue Sabrina quien salvó la situación.

--- Los franceses aprendieron la lección.Cambiaron sus uniformes rojos por uns grises. Se volvieron más inteligentes este año de guerra.

--- Sí, Sabrina. Pero eso no traerá de vuelta a su hermano. Ella nunca olvidará el uniforme rojo. Y ni siquiera vuelvas a confiar en ellos. - Dijo Kracory.

     "Orion" resumió la situación.

--- Entonces, el Teniente Dalshin desertó y te entregó a un ladrón, jefe de una extraña secta. Los disfraces que estás usando están a punto de ser desenmascarados. La Policía Holandesa, el MI6 y Deuxiéme ya han enviado consultas a la Marina de los EE.UU., solicitando información sobre el Comandante Azteca.

     "Orión" mostró una sonrisa.

--- Por suerte, envían el Correo en valijas. Las cartas viajan desde Europa por barco, y casi siempre, atraca en el Puerto de Nueva York. Desde allí, van a la Oficina Central de Correos. En algún momento del camino, el equipo de apoyo envía sus cartas al fondo del Río Hudson. La Marina de los EE.UU. no ha recibido ninguna consulta sobre usted. Todavía.

--- Esta situación es insostenible. Cuando se den cuenta de lo que está pasando, encontrarán una manera de eludir al equipo de soporte. ¿Han probado por radio y telegrama? Ya lo tienen.

--- Ya. Interceptamos los mensajes y los contestamos, como si fuéramos americanos. Carecen de los recursos de la nave Arkonak Matrix.

--- ¿Podemos perderlos?

--- Temporalmente, Mayor Narodja. Los franceses parecen haber quedado satisfechos. La Policía Holandesa no tiene cargos serios contra usted. Deben haberse calmado, al menos por ahora. El problema es el MI6. Los británicos conocen bien a los estadounidenses demasiado. Esa tierra fue una vez de ellos.

--- ¿Qué hiciste?

--- Envían mensajes engañosos, casi todos los días. Se presentan como amigos del Comandante y hacen preguntas sobre familiares y conocidos. "¿Cómo está la Tía Abigail?", "¿Has tenido noticias de Bill?" Son fanfarronadas que intentan atraparnos en contradicciones. ¿Puedes creer que piden direcciones de bares en Albany?
--- Un marinero debe entender de bares. – Dijo Sonia.
--- Para beber en los bares de Vega-Centauro, estos chicos tendrán que viajar mucho, mucho. Y no en un acorazado de carbón. Comandante "Orion", estoy de acuerdo con el Mayor en que el asedio se está cerrando y nuestra caída es solo cuestión de tiempo. Para ganar algo más de tiempo, propongo una medida extrema. Hemos sido traicionados dos veces, por Blum y Jill. Sugiero una tercera traición.

  El Contraalmirante Olaf Sanders, también conocido como "Orion", colocó la cámara para poder ver la expresión angustiada de cada uno de los Arkonak. Se volvió hacia Roy Azteca, con una expresión divertida.
--- Comandante Azteca, en verdad eres un hombre muy creativo. ¿Quién crees que podría ser el próximo traidor?

  Azteca miró a la Familia Arkonak y respiró hondo.
--- Estaba pensando en el Senõr, Comandante "Orion".

Capitulo 2

Béisbol En El Boulevard Anspach

"No es posible conectar los puntos mirando hacia adelante.
Solo puedes encenderlos mirando hacia atrás.
Así que tienes que esperar que de alguna manera conecten tu futuro".

Steve Jobs, emprendedor y genio tecnológico.

--- Condesa Narodja, estaba esperando tu llamada. – Dijo la Duquesa de Ramblatt, también conocida como Madame Lupin.

--- Mi marido está de viaje. – Dijo Sonja provocativamente.

--- Marido ausente. Estoy teniendo ideas. ¿Cuándo regresa?

Sonia se rió.

--- El Comandante fue a Bélgica, a rescatar a una agente inglésa. Quiero que envíes a Jill y un equipo propio para ayudarte. A cambio, podemos ayudarlo aquí en los Países Bajos.

--- Ah, es cuestión de trabajo. Que pena. - Dijo Lupin.

--- Has tenido demasiadas ideas, Charlotte.

--- Suelo convertirlos en planos. Y tienden a hacerse realidad, Sonja. ¿Quién es esta agente?

---Nancy Wake. Ella y su marido eran periodistas ingleses. ¡Estaban en Bruselas cubriendo un show de flores! La invasión alemana fue una mala sorpresa. Terminaron uniéndose a la Resistencia Belga.El marido fue asesinado hace seis meses.Ella continuó en acción, transmitiendo informes a Londres desde una radio. Hace una semana, los alemanes encontraron la radio y ella apenas escapó. Ahora los alemanes están dando la vuelta a Bruselas, buscándola.

Había silencio. Charlotte "Lupin" Ramblatt, despúes de todo, habló:

--- ¿Cómo supiste todo esto?

--- Tenemos amigos en la Resistencia Belga.

--- Resistencia Belga. Claro que sí. El capitán alemán, asesinado por adoradores alienígenas. Nunca creí que Sebottendorff tuviera el coraje de hacerlo. Maria Orsic, tal vez, pero no tiene muchas conexiones en los Países Bajos. ¿Cómo no pensé en eso? Fuiste tu. ¡Entregaste a ese torturador sádico a la Resistencia Belga para que lo despedazaran! Luego inculparon a Sebottendorff y su pandilla. Ustedes saben cómo jugar duro.

--- Eso es lo que estás diciendo, Charlotte.

--- Claro claro. Nadie tiene pruebas en su contra.

--- ¿Nos ayudas, o no?

--- Tú sabes que sí. Nunca dejaría de ayudar a un agente aliado. Pero nada de eso es tu problema. Las guerras terrestres no son asunto tuyo. No tienes la obligación de ayudar a este agente.

--- ¿Vas a enviar al Teniente Dalshin a Bruselas?

--- ¿El Teniente Kelly también va? Ella y Jill eran las "Hermanas Siamesas". Me encantaría verlas a los dos juntas de nuevo. Aquí en mi castillo. Tú y Sabrina también están invitadas, por supuesto.

--- ¿Nunca te rindes, Charlotte?

--- No. Y tengo una condición más.

--- ¿Cual és?

--- Jill ahora es una Valquiria. Es como mi hermana. Quiero tu palabra de que no es una trampa. No se colocará en su teletransporte, para quedar atrapada en Polaris. Ni responder a la Corte Marcial, por Traición. Ella puede irse, si me aseguras que la recuperaré.

Sonja Narodja pensó. Por fin, decidió.

--- Si regresaba a Polaris, Jill solo encontraría problemas. Puedo dejar a Jill contigo si la cuidas bien. En cuanto a volver a ver a Kelly y Sabrina... son amigas. Puedes traerla aquí. El reencuentro será aquí, en la Maison.

--- ¿Tiene camas dobles, con sábanas de lino?

--- Carlota...

--- Está bien, está bien. Trabajaremos juntos en una misión. Es un comienzo. ¿Qué más sabes sobre esta inglesa?

--- En la parte inferior de la pantalla de su dispositivo,hay un botón amarillo.¿El pensó?

La Duquesa miró más de cerca la pantalla de ese extraño dispositivo comunicador. Nadie, en 1915, podía siquiera soñar con un teléfono móvil, con las capacidades tecnológicas de aquél.

Solo gracias a la captura de la Teniente Jill, ese dispositivo había caído en sus manos.

Lo molesto es que solo los Arkonaks tenían dispositivos idénticos con los que hablar.

Y lo más molesto es que el satélite, que transmitió la señal, estaba dentro de la nave espacial Arkonak Matrix.

A Madame Lupin le había gustado tanto tener un dispositivo para hablar a distancia que ni siquiera se había molestado en saber si la máquina tenía un rastreador incorporado. Era comprensible que, en 1915, no pasar un día entero esperando a que el operador completara una llamada fuera suficiente alegría.

¿Y por qué Jill, incluso bajo hipnosis, no reveló el rastreador? Sencillo. Ella no sabía que estaba funcionando.

Los Arkonaks habían sido dados por muertos. Cuando estaban todos juntos, en la Maison, hablaban en persona. No usaron el comunicador portátil entre ellos.

No fue hasta que Jill desapareció, y el comunicador comenzó a funcionar de nuevo, en manos de Madame Lupin, que la señal fue rastreada nuevamente.

--- Encontré el botón amarillo. ¿Qué hago?

--- Prensa.

--- ¿Presiona el botón?

--- Eso. Presiónalo como una tecla de máquina de escribir.

--- ¿Lo que sucederá?

--- Presiona y verás.

Un minuto después, Charlotte dejó escapar un grito de asombro.

--- ¡Me enviaste una carta!? ¡Eso es una locura! No utilizas papel,tinta,sobres, sellos...

--- Ni lo ponemos en Correos, ni pasamos por Censura, que abre sobres.

--- ¡Esto es increíble!

--- Hay todo lo que necesitas saber. La periodista inglesa se llama Nancy Wake, y su nombre en clave es Rata Blanca. ¿Cuándo vas a enviar a Jill?

--- Salen mañana por la mañana. Enviaré algunas chicas con ella. Ellos conocer mejor Bélgica.

--- Excelente. Le avisaré a Roy que se van. El plan está todo en el mensaje. Buenos días, Madame Lupin.

XXXXXXXXXXXXXXXXXXXXXXXXXXXXXXXXXXXXXXXX

Bouvelard Anspach parecía bastante ocupado esa mañana, con una multitud en las aceras, viendo otro desfile de tropas de ocupación alemanas.

Rodolfo Azteca entró al bar, se sentó en la barra y pidió una cerveza. El empleado se acercó y llenó el vaso.

--- La ciudad parece bastante ocupada hoy.

--- Los alemanes desfilan todos los días. Les encanta. – Respondió el empleado.

--- Necesito adaptarme a la ciudad. Soy nuevo por aquí.¿Sabes dónde puedo encontrar una bufanda blanca? Dicen que es buena suerte agitar pañuelos blancos en Bruselas.

El empleado lo fulminó con la mirada. Luego se aclaró la garganta. Efectivamente, era una señal, para alguien.

En ese momento, un grupo de soldados alemanes entró en el bar. Un teniente y cuatro soldados.

El teniente habló en voz alta, con todos en el bar.

--- Estamos buscando a esta mujer. ¿Saber algo?

Todos sacudieron la cabeza negativamente.

--- No hemos visto nada por aquí, teniente.

El teniente vio a Azteca bebiendo cerveza. Ella lo miró de arriba abajo.

--- Nunca te he visto por aquí. ¿De donde vienes?

--- Yo soy americano. Llegué a Bruselas esta mañana.

--- ¿Y llegaste directo a un bar, tomando cerveza a las 9 am?

--- He oído hablar mucho de la cerveza belga.

--- ¿Y a qué viniste a Bruselas, además de beber cerveza?

--- Soy periodista deportivo. Vine a hacer un reportaje sobre deportes en Bélgica.

El alemán soltó una risa irónica.

--- Muéstrame tus documentos, americano.

Roy Azteca sacó sus documentos de identificación de su bolsillo. Robert "Roy" Brown, estadounidense, periodista, de un periódico de Filadelfia.

Desde el hundimiento del Lusitania, los alemanes tenían miedo de meterse en más problemas con los estadounidenses. Pero el teniente no quedó satisfecho. El extraño bien podría ser un inglés.

--- ¿Eres periodista deportivo? Dime, ¿cuál fue el resultado del partido del Domingo?

Los ojos de "Roy" brillaron.

--- ¡Bien bien! ¡Finalmente, un alemán al que le gusta el Béisbol! Philies de Filadelfia contra Red Sox de Boston! Ese fue un juego increíble, ¡tenías que estar allí! "Cactus" Cravath llega a la cuarta base, observa el Baker Bowl repleto y prepara su bate. El chico de las medias rojas lanza la pelota. "Cactus" espera el momento adecuado. Llega el balón... Puntos de "Cactus" y... ¡Boom! ¡Un golpe de genio! 150 yardas! ¡El estadio enloquece! Soy amigo de "Bill" Baker, el dueño de los Philies. Si vas a Filadelfia, búscame. Puedo conseguirte algunas entradas. Y para ustedes también, muchachos. Podemos llevar algunas chicas...

--- ¡Yanquis! - Corte al teniente. --- Hablan más que los loros, incluso más cuando encontrar cerveza a las 9 am! ¿Viniste buscando Béisbol aquí en Bélgica?

--- Ha aparecido un chico nuevo en la Liga. Jimmy Espina. ¡Completa una carrera completa cada tres juegos! ¡Esto es increíble! Lástima que juega para Red. Vine a conocer a su familia y echar un vistazo a los jugadores aquí.

--- Entonces, espías para equipos de béisbol. - El oficial alemán sonrió.

El Azteca hizo un gesto de ser pillado en el acto.

--- Son los que mejor pagan. Y sigo recibiendo entradas y chicas.

--- Yanquis. - Corte al teniente. --- No entendí ni una palabra de lo que dijo, excepto que es un idiota, que se despierta en la mañana bebiendo y pensando en mujeres. Espero que puedas regresar a tu hotel antes del toque de queda. Si te atrapan en la calle después de eso, pasarás mucho tiempo sin ver béisbol.

El teniente le devolvió los papeles a Roy y habló en voz alta al resto de la habitación.

--- Si alguien sabe algo sobre el espía inglés, es bueno que nos lo diga ahora. Su nombre es Nancy Wake, pero puede estar usando otro nombre. Si alguien es sorprendido ayudando a esta mujer, será fusilado por traición. Pero ofrecemos una recompensa de 10.000 marcos, por cierta información. Piénsalo. Es buen dinero.

Los alemanes se fueron. Azteca se volvió hacia el mostrador, y su cerveza.

Dos hombres se levantaron de una de las mesas del bar y caminaron hacia él. El mayor habló.

--- Escuché que estás buscando pañuelos blancos. Puedo saber de uno. Pero costará 10.000 marcos alemanes. ¿Estarías interesado, americano?

--- El que venda el pañuelo blanco, por 10.000, estará haciendo mal negocio. Y a quién comprar también. Los ratones blancos se multiplican muy rápidamente.

Los dos belgas se miraron. El mayor, que parecía ser el jefe, respondió:

--- Las ratas blancas devoran a los traidores. Ven con nosotros.

Roy pagó la cerveza y se fue con los dos hombres por una puerta trasera.

Entraron en un callejón estrecho, detrás de las viejas mansiones centenarias. Finalmente llegaron a una casa abandonada en un callejón estrecho. Los esperaban otros tres hombres armados. El jefe esbozó una sonrisa.

--- Bueno, bueno, nuestro amigo de Rotterdam. Fue él quien nos dio a Kausk.

Los demás se sintieron aliviados. Roy también.

--- René, René, ¿sigues haciendo lo tuyo?

--- Nos hemos divertido. Sabía que la broma sobre la adoración de extraterrestres funcionaba, ellos la creían y culpaban a los monstruos de Bavaria. Nunca imaginé que cosas tan locas como esa funcionarían. ¿Qué viniste a hacer a Bruselas?

--- Vine a rescatar a Nancy y llevarla de vuelta a casa.

René miró a sus hombres.

--- Amigo, tienes una misión complicada por delante. Los alemanes están en todas partes. Han ofrecido una recompensa de 10.000 y están recorriendo Bruselas de puerta en puerta. Acabas de probarlo ahora.

Uno de los guerrilleros dijo:

--- Ahora he aprendido a disfrazarme de estadounidense. Solo parece un idiota y habla de béisbol.

Todos trataron de reír nerviosamente. René dijo:

--- Este bromista es Peper, y su amigo es Tub. ¿Tienes algún plan sobre cómo vas a sacar a Nancy de aquí?

--- Tener. – Respondió Roy. --- ¿Qué ayuda me puedes dar?

René negó con la cabeza, no.

--- Muy poca. Nancy era una conocida periodista. Su retrato está en todos los postes. Cualquiera visto con ella es un hombre muerto. La hemos escondido hasta ahora, pero no puede quedarse aquí. Es demasiado arriesgado, para ella y para nosotros.

--- Pero una pequeña fiesta de distracción, en otra parte de la ciudad... - Insinuó Roy.

René se rió.

--- Extraño, no sé por qué te arriesgas por nosotros. No eres belga, no eres holandés y no eres inglés. Y ahora sé que tampoco eres estadounidense. Hicimos amigos en América,después de Lusitania.El juego Philles and Sox en Baker Stadium fue pospuesto debido a la lluvia. Y "Cactus" Cravath se resfrió, no podía jugar.

Azteca miró fijamente a Rene.

--- Todo lo que necesitas saber es que, si depende de mí, nadie obtendrá los 10,000 marcos.

--- ¿Tu plan es otro engaño, como esa secta alienígena de Kausk?

--- Sí.

--- Así que para mí, eso es suficiente. Tendrás tu fiestita. Sólo di cuándo y dónde.

--- Primero, necesito ver a Nancy.

René vaciló:

--- Esa parte es complicada, amigo. No pareces ser de ningún lugar de este planeta. Y su escondite es el secreto mejor guardado de Bélgica.

--- Si yo fuera alemán, dudo que saldría con vida, a gastarme los 10.000. Y además... ¿cuántas opciones tienes?

René pensó por unos minutos. Por fin, decidió.

--- Muy bien. Te debo una, ya que nos diste a Kausk y no dejaste que los alemanes sospecharan de nosotros. Y un loco como tú es la mejor oportunidad de Nancy. Te llevaré a ella.

René hizo una seña. Tres de los guerrilleros agarraron a Roy por detrás y Peper le tapó la nariz con un trapo con cloroformo.

--- Lo siento amigo. Esa es la única manera de llegar a Nancy. - Dijo René.

Rodolfo Azteca no escuchó nada más, y pronto todo se oscureció.

Capítulo 3

Escapada En Bruselas

"Cada hombre sintió, en algún momento, el impulso de escupir en sus manos,
iza la Bandera Negra y comienza a cortar gargantas".

H. L. Mencken, periodista estadounidense.

Rodolfo Azteca amaneció en un sótano, iluminado solo por una lámpara. Empezó a moverse, pero la cabeza le dolía horriblemente.

--- El extraño se despertó. - Dijo una voz, cerca de él.

Solo entonces notó a dos de los hombres de René, sentados en cajas de madera frente a él.

--- Le avisaré al Jefe. - Dijo uno de ellos, levantándose del banco, y saliendo por una puerta.

Un poco más tarde entró René y vio a Aztec sentado en la cama de paja, todavía frotándose los ojos.

--- Perdón por el alojamiento, amigo, nuestro hotel ha estado muy ocupado últimamente.

--- Ya lo he descubierto. – Respondió el Comandante.

--- Ven conmigo. Nancy quiere conocerlo. Le hablé de los alienígenas Kausk. Casi se muere de tanto reír.

--- ¿Casi muero? Espero que sea solo expresión.

--- Eres gracioso, Extraño. Me gustaría saber de dónde vienes.

--- No te gustaría, René. La cerveza allí es horrible.

--- Tú eres divertido. Llegamos.

Mientras hablaban, caminaron por los estrechos pasillos del sótano.

Probablemente, conectando los subterráneos de varias casas diferentes.

Eventualmente, llegaron a un sótano más grande y mejor iluminado.

En el centro había una mesa, tres hombres y una mujer jugaban al póquer y bebían cerveza.

Y estaba claro en sus rostros que la mujer los estaba masacrando y bebiendo la mayor parte de su cerveza.

--- Nancy, Nancy, deberías estar descansando. Y no acabando con mis hombres y nuestra cerveza.

--- Los chicos sobrevivirán, René. Y en cuanto a la cerveza, solo mata a los alemanes y trae su cerveza.

--- Nancy, esta es lo amigo de la que te hablé. Amigo, esta es Nancy Wake. La Reina de Bélgica.

--- Entonces, eres el amigo extraterrestre de René. El tipo que es de la nada.

Azteca sonrió. Recordó a Sabrina y su juego de "Caliente" o "Frío". Ese había sido "caliente".

--- Cuando termine la guerra, consultaré mi agenda. Tal vez pueda concertar una entrevista exclusiva para usted.

--- Hum, ¡el tema es importante! En su tierra, debe ser una celebridad. No será difícil saber quién eres. Sólo busca en los periódicos viejos. En la Biblioteca de Londres tenemos periódicos de todo el mundo.

Roy sonrió ampliamente. Él dudaba mucho que los diarios de Vega-Centauro llegó a Londres.

--- Señora Wake, apuesto a que hará grandes descubrimientos después de que salgamos de aquí.

--- Llámame Nancy, o Rata Blanca. Pero nunca de la Señora Wake. No soy tu abuela. Debes tener algún apodo además de "Extraño".

--- Estoy al servicio del MI6. Mi nombre en clave es Keeper.

--- Guardián. Le gustó. Muy bien, Keeper. Ya veo que,a pesar de la cara de buen chico, no vales nada. ¡Adoradores alienígenas! ¡Eso fue genial! Me encantaría ver la cara de Kausk, en el Infierno.

Nancy comenzó a levantarse de su silla. Los tres guerrilleros se ofrecieron a ayudarla.La tomaron de los brazos,la levantaron de la silla y la acostaron en una cama, justo detrás de su silla.

Recién entonces Rodolfo Azteca vio que tenía una herida de bala,en el vientre, a la altura de las caderas, justo por encima de la cintura. Uno de los hombres, que parecía ser el médico del grupo, limpió la herida con alcohol y cambió el vendaje.

--- No fue tan grave, Keeper. Ya me quitaron la bala y me estoy recuperando bien. Simplemente no podré correr en los Juegos Olímpicos. Pero sigo siendo el campeón de tiro, en blancos alemanes. Espero que esto no se interponga en el camino de su plan. Tienes un plan para sacarnos de aquí, ¿no?

--- Tener. Sal de Bruselas tan pronto como oscurezca. ¿Puedes caminar?

El guerrillero médico, que estaba haciendo el vendaje, respondió:

--- A pesar de su valentía, perdió mucha sangre. Si pudiera, recomendaría otros tres días de descanso.

René completó.

--- Estaba transmitiendo un mensaje cuando llegaron los alemanes. Solo tuvo tiempo de destruir la radio y las notas, y saltar por una ventana. Pero había alemanes en la calle. Intercambiaron disparos, ella todavía mató a dos alemanes,pero su colega murió. Ella solo escapó por pura suerte. La trajimos aquí, le quitamos la bala y la cuidamos. Pero los alemanes están muy cerca. No podemos esperar tanto para abandonar este escondite. Y sin la radio, no podemos pedirle ayuda a London para sacarla de aquí.

Nancy levantó la cabeza, luciendo extraña.

--- ¿No te envió Londres? ¿No eres un agente del MI6? ¿Entonces, quién eres?

René se volvió hacia ella.

--- Ya te lo dije,Nancy.Es un amigo que nos ayudó a conseguir a Kausk.Yo confío en él.

--- ¿Y este amigo, que no sabes quién es ni de dónde viene, me quiere llevar a pasear por las afueras de Bruselas de noche?

--- Esa es la idea. – Respondió Azteca.

--- Y supongamos que acepto ir a esa gira. ¿Qué pasa después?

--- Tomará el té de las 5 en punto, al otro lado del Canal.

--- ¿No te olvidas de nada, Keeper?

--- Que, por ejemplo?

--- De un montón de alemanes enojados, dispersos por todas partes, por ejemplo.

--- Sí, he oído hablar de ellos. Para eso, René, vamos a necesitar una distracción mientras sacamos a Nancy de aquí. ¿Podemos tener la fiesta esta noche?

René se rió.

--- Cuando quieras, amigo.

Las casas grandes de la Calle Vondel daban más miedo en la oscuridad de la noche, después del toque de queda.

--- Extraño, tus planes son realmente locos. ¿De verdad crees que esto podría funcionar? – Preguntó René.

--- ¿Tienes una mejor idea?

--- No. Después de todo, a los chicos les gustó la idea. Vamos yendo. Tu pedido ya debería estar llegando.

Azteca, René y Nancy se quedaron cerca de la puerta, en una de las casas grandes, con las luces apagadas. Por una rendija de la ventana, observaron el movimiento de la calle.

Poco después, escucharon el ruido de un motor, que bajaba por la calle y se estacionaba frente a la mansión.

Peper y Tub se apearon del auto, y los tres salieron de la casa, encontrándose con ellos en la acera.

--- Aquí está, Extraño. El auto que ordenó, cortesía del Coronel Kurtz.

René miró esa cosa y preguntó:

--- ¿Puedes conducir esta cosa?

Rodolfo Azteca inspeccionó el vehículo, saltando al interior.

--- Es un Mercedes Simplex, 40 cv y 60 km/h. Debe ser uno de los primeros modelos que salieron, en 1902.

Tub confirmado.

--- Tiene más de 10 años, pero está muy bien conservado. El Coronel lo trajo de Alemania en un vagón especial. Le gusta más ese coche que la mujer.

--- Va a tener una linda sorpresa mañana por la mañana. - Rió Peper.

--- ¿Y puedes controlar esta cosa? ¿No era mejor una carreta con caballos? El ruido de ese motor despertará hasta al Kaiser en Berlín.

--- Esta es la idea. Y los caballos son más fáciles de disparar. Necesito que alguien me muestre el camino.

--- El Tub va. Puede caminar por Bruselas, con los ojos cerrados, de día o de noche.

--- Excelente. ¿Está listo su personal?

--- Esperando a Su Excelencia. – Se rió René.

--- Lady Wake, por favor acuéstese en el asiento trasero y mantenga la cabeza baja. René, muchas gracias por todo.

--- Soy yo quien te debe una más, Extraño.

--- Será divertido, pero prefiero llevar dos revólveres cargados y munición extra. Por si acaso. - Dijo Nancy.

--- Nancy, Nancy. – Se rió René, con Peper saludando.

Azteca tiró de la palanca y el auto arrancó a toda velocidad.

El Simplex no era exactamente una obra maestra de la electrónica aeroespacial. Pero aun así era mejor que controlar a los caballos. Y, sin duda, sus 60 km/h serían más rápidos que cualquier vagoneta.

Tub le dijo que girara a la derecha y entraron en Rua Rubens.A la izquierda, y en Gallait, en dirección sur, estaba el suelo de adoquines y la línea del tranvía. Y los alemanes.

Hubo un momento de vacilación por su parte. Todos reconocieron la Mercedes del Coronel Kurtz. Ningún soldado alemán se atrevería a parar el coche de un oficial.

Pero pronto se dieron cuenta de que los pilotos eran civiles,no el Coronel Kurtz. Y el Coronel Kurtz nunca desafiaría a sus generales, rompiendo el toque de queda, conduciendo su tesoro motorizado como un loco, corriendo por las calles a esa velocidad.

Pronto sonaron las sirenas y una patrulla en la plaza Liedts se preparó para interceptar el vehículo.

Una barrera de madera fue atropellada y salió volando.

Los alemanes comenzaron a disparar contra el vehículo. Nancy, acostada en el asiento trasero, tuvo la oportunidad de usar uno de sus revólveres y devolver el fuego.

El Mercedes entró en la Avenida de La Reine y giró hacia el Norte.

La patrulla hizo un movimiento para perseguir el vehículo. Fue entonces cuando comenzó el motín en la Plaza Liedts.

Desde lo alto de los edificios, alrededor de la plaza, la gente empezó a encender faroles y tocar la bocina, encandilando a los alemanes.

Nadie podía ver ni oír nada,con el ruido ensordecedor y la luz cegadora en sus ojos.

Los alemanes disparaban al azar, al aire, tratando de dar en las linternas. Pero el sonido de los cuernos era infernal.

Minutos después llegaron refuerzos. De repente, todo quedó en silencio. Como si nada hubiera pasado.

Cuando, por fin, siguieron en persecución por la Avenida de La Reine, el Mercedes ya iba muy por delante.

Azteca, Nancy y Tub ya se acercaban, a toda velocidad, al puente del ferrocarril, que pasa por encima del túnel, en La Reina.

--- Tub, el auto es todo tuyo. – Dijo Azteca, entregándole el volante.

--- Puede dejar. Hay un gran río justo adelante. Al Coronel le encantará su nuevo submarino.

--- Nancy, ¿puedes subirte a un tren en movimiento?

Nancy Wake palpó levemente su herida.

--- Puedo comerme un tren en movimiento, si tengo que hacerlo.

--- ¡Darse prisa! - Gritó Tub. --- Un tren está llegando a la Estación de Thomas, sin disminuir la velocidad. Pasará directamente. Es tu viaje.

Azteca y Nancy se bajaron del Mercedes y subieron la quebrada, hasta llegar al borde de las vías del tren, justo encima del túnel sobre La Reine.

El andén de la Estación Thomas estaba a unos metros de distancia, pero como había dicho Tub, el tren pasó de largo. El conductor del tren era un miembro de la Resistencia, quien los saludó y les hizo un gesto para que se levantaran pronto, pero no disminuyó la velocidad.

De la manga de la chaqueta Azteca se rompió un gancho y se adhirió a un voladizo del tren. Agarró a Nancy por la cintura y subieron al techo del tren.

Empezaron a correr hacia el coche de delante y fue entonces cuando apareció el alemán. El tipo debió notar que algo andaba mal cuando el tren no se detuvo en la Estación Thomas.

Era un oficial. Estaba oscuro, pero debía de ser un comandante o un capitán.

Reconoció a Nancy e inmediatamente trató de sacar su pistola.

El Azteca saltó sobre él y golpeó su barbilla, agarrando su brazo. Los dos forcejearon en el techo del tren y la pistola salió volando.

De repente, el tren dio un repentino giro a la izquierda. El Azteca ya esperaba la maniobra, pero el alemán se sorprendió. Equilibrio perdido y Azteca le dio un golpe en el cuello, que lo hizo lanzarse de cabeza contra la vía férrea.

Miembros de la Resistencia habían saboteado la vía férrea, desviando el tren hacia la Estación Mabru, la última antes del puente sobre el Río Zenne.

Los controles de la locomotora estaban bloqueados a toda velocidad.

El tren pasó directamente por la Estación de Mabru, y cuando pasó el puente del Río Zenne, los dos miembros de la Resistencia, que lo habían conducido, se tiraron al río. El Azteca ató a Nancy a su cinturón, inmovilizándola frente a él. Cuando el tren pasó el puente del Río Zenne y llegó a la otra orilla, Azteca abrió los brazos de su abrigo y se apearon.

Nancy vio que la chaqueta del desconocido era una especie de ala voladora, capaz de permitir que dos adultos planearan unos 20 metros, hasta caer en un claro, entre los árboles. Vio que llegaron al suelo sanos y salvos.

Entonces no vio nada más.

El Parque del Palacio de Laeken, residencia de la Familia Real Belga, es enorme. Pero el Palacio estaba deshabitado en ese momento. La Familia Real Belga estaba exiliada en Le Hague, Francia. El Rey Alberto I estaba al mando del Ejército Belga en Ypres. Y el Gobernador Alemán, Moritz von Bissing, ocupó el Palacio Real, en el centro de la ciudad.

El saldo había sido un soldado alemán muerto y dos heridos en la Plaza Liedts; un comandante con el cuello roto en el ferrocarril. El hermoso Mercedes del Coronel fue arrastrado en pedazos desde el fondo del Río Zenne, y la locomotora descarriló y se estrelló unos 200 metros más adelante.

Cada centímetro de Laeken fue registrado con perros rastreadores. Cada árbol, cada rincón del bosque. Y también el Palacio. Cada habitación, cada habitación, cada sótano. Encontraron marcas en el piso donde dos adultos habían aterrizado después de saltar del techo del tren. Un sobre plano increíble, casi 30 metros!

¿¡Les habían crecido alas!?

XXXXXXXXXXXXXXXXXXXXXXXXXXXXXXXXXXXXXXXXX

Inmediatamente, comenzó una represión brutal contra los civiles y una cacería incesante de miembros de la Resistencia. Una represión que solo generó más odio y más resistencia.

Se emitió una orden de alerta máxima contra Nancy Wake y su cómplice. La orden era detenerlos, vivos o muertos.

Un guerrillero capturado dijo que el extraño parecía ser estadounidense. La descripción coincidía con la del presunto periodista de béisbol en el bar de Anspach Boulevard.

El Mercedes del Coronel Kurtz fue robado de un garaje mientras su chofer, un cabo, dormía.

El tren fue robado de la Estación Central menos de 10 minutos antes de pasar por la Estación Thomas.

Una acción rápida, y muy bien sincronizada. Sin márgenes de error.

Demasiada audacia. Y mucha, mucha suerte.

Capítulo 4

Mensajes de Lille

En los días siguientes, la recompensa para Nancy Wake y su cómplice, identificados con el nombre en clave Keeper, ¡aumentó a 100 000 marcos!

Los teléfonos del Cuartel General Alemán no paraban de sonar, día y noche. ¡Nancy Wake se dejó ver por todos lados!

En Bruselas, Amberes, Brujas, Charleroi...Ella parecía estar en todas partes a la vez.

Las búsquedas tuvieron que extenderse por toda Bélgica.

Dos días después, los alemanes interceptaron una transmisión de la Resistencia.

En un breve mensaje, Rata Blanca dijo que estaba herido y necesitaba ayuda para cruzar las líneas alemanas y llegar a Francia.

Rata Blanca era el nombre en clave de Nancy Wake.No se mencionó a Keeper, lo que indica que podría haber sido asesinado, capturado o separado de ella por alguna razón.

La triangulación de la transmisión indicaba que había partido de algún lugar de la región de Lille. La ciudad estaba ocupada por los alemanes, pero estaba muy cerca de las líneas aliadas. Había constantes bombardeos y combates allí, y en medio de la confusión, habría buenas oportunidades para escapar.

Se desplegó una fuerza policial especial para registrar Lille y sus alrededores.

A la noche siguiente, la respuesta llegó desde Francia.Los franceses felicitaron a la Rata Blanca y prepararon su escape del territorio enemigo, pero querían saber acerca de Keeper. Rata Blanca informó que Keeper había muerto durante la fuga.Y que estaba sola.

También informó que estaba herida y que tenía prisa. Los alemanes estaban muy cerca.

Los franceses estarían de acuerdo con los ingleses en un plan de escape y le advertirían.

El mensaje más largo permitió a los alemanes delimitar mejor el área de transmisión.

Decidieron centrar sus búsquedas en el campo, al Norte de Lille.

Aun así, todavía era un área bastante grande,con muchas casas y propiedades para registrar. Y un transmisor de radio sería fácil de ocultar en cualquier granero.

A pesar de varias búsquedas, no se encontró nada que condujera a la Rata Blanca.

Esperaron ansiosos el mensaje nocturno con el plan francés.

A la hora prevista, llegó el mensaje.

Los franceses lanzarían una ofensiva en la brecha entre Lille e Ypres, al Norte de Lille. El objetivo sería rodear a las fuerzas alemanas, que sitiaban Ypres, y aliviar la presión sobre el Ejército Belga de Alberto I.

Rata Blanca debe encontrar una manera de aprovechar la confusión,cruzar las líneas alemanas y unirse a las fuerzas atacantes.

¡Un ataque anglo-francés en la línea Ypres-Lille, programado para la noche siguiente!

¡Y Rata Blanca estaría allí!

Pero los alemanes dedujeron algo más.

La línea Ypres-Lille era una ratonera, de poco más de 30 km de longitud.

Lanzar un gran ataque allí sería un suicidio. No habría espacio para que las fuerzas maniobraran.

Pero podría funcionar como un ataque de distracción, si el ataque principal fuera más al Norte, en la línea Ypres-Dunkirk. En ese caso, incluso una incursión de la Royal Navy, utilizando su artillería naval, a lo largo de la costa, no estaría fuera de discusión.

Se estableció un plan de batalla. Las patrullas policiales detrás de Rata Blanca se redoblaron a lo largo de la carretera Lille-Ypres. Pero las tropas de reserva se colocaron detrás de Ypres. Así, podrían reforzar tanto el Flanco Sur, hacia Lille, o, si se confirmaban sus sospechas, reforzar el Flanco Norte, hacia Dunkerque.

Ha caído la noche. Oscuro y sombrío.

Luego se escucharon disparos de artillería francesa en dirección a Lille. Y poco después cayeron las primeras bombas.

Cayeron en aeródromos alemanes cerca de Lille.

La artillería antiaérea respondió y algunos aviones alemanes lograron despegar.

La batalla duró casi toda la noche. Al amanecer, se vio que la mayoría de los aeródromos habían sido destruidos.

Ahora, Oswald Boelcke, y su "Circo Volador", tendrían que despegar varios kilómetros más atrás, por la retaguardia. Esto reduciría su autonomía de vuelo, y su tiempo de permanencia en el Frente.

Nada que no se pueda solucionar. Unos días después llegaban los nuevos Fokker E III, los monoplanos más conocidos como "Flagelo Fokker". Boelcke seguiría siendo el "Rey del Cielo" por un año más. Y tus amigos, dos años más.

Al amanecer, un mensaje francés informó que la periodista Nancy Wake, conocida como la Rata Blanca, había logrado cruzar las líneas alemanas y llegado a salvo a las líneas aliadas.

¡Esa noche, el éxito de los aliados había sido total!

¡Madame Lupin y el Coronel Dupont, Director General del Deuxieme Bureau, Servicio Secreto Francés, pudieron brindar con champaña!

Capítulo 5

Conversaciones Difíciles

*"La irracionalidad de una cosa no es un argumento contra su existencia,
sino más bien una condición para ello."*

Friedrich Nietzsche, filósofo alemán.

Todo había sido un gran engaño.

Una semana después de recibir un golpe en la nuca y ser teletransportada desde Laeken Park (hacerla consciente para que viera que el equipo sería inadmisible), Nancy Wake entró en los estudios de la BBC en Londres para denunciar las atrocidades alemanas en Bélgica.

Durante tres horas, habló sobre el trabajo esclavo, la violación, la violencia. Fábricas belgas siendo desmanteladas y enviadas a Alemania. Tiroteos sumarios de civiles, incluidos mujeres y niños.

Nancy demostró ser tan despiadada con un micrófono como con un revólver.

Pero su informe, presentado a Mansfield, el Director General del MI6, el Servicio Secreto Inglés, también fue impresionante.

Técnicamente, ella no era una agente del MI6. Era una civil, que había colaborado con los Aliados por iniciativa propia. Informó lo que sabía, pero sin subordinarse a nadie.

Sin duda, un encuentro entre dos criaturas salvajes y feroces, como Nancy Wake y Mansfield Cumming, sería una temeridad, capaz de desbordar el Río Támesis.

Fue un duelo de titanes enfurecidos. Solo aplacado por la injerencia directa del ocupante del Número 10 de Downing Street.

Benjamin "Big Ben" Kostler, Agregado Comercial del Consulado Británico y también Agente Residente del MI6 en Amsterdam, leyó el informe enviado por Central en Londres. De la primera a la última palabra, sin parar. Luego lo releyó, y lo releyó de nuevo,incapaz de creerlo. Luego se levantó de la silla,se acercó a la ventana y la abrió.

Necesitaba respirar aire fresco.

La secretaria detuvo sus divagaciones delirantes.

--- El Sr. Audrey está aquí. Y al comisionado Hinca le gustaría reunirse con ustedes dos en el bar habitual. ¿Qué debo responder?

--- Envía a Terry.Y dígale al Comisario que estaremos allí a la hora habitual.-Respondió "Big", sin apartar los ojos de la ventana.

--- Perfectamente. Permiso. - Dijo la secretaria, abriendo paso a Terry Audrey.

El agente de campo del MI6 entró y cerró la puerta."Big" continuó de espaldas a él, mirando por la ventana.

--- Terry, - Preguntó, ---¿Crees que Nancy pueda ser una agente alemana?¿Que Nicolai preparó todo este acto para poder infiltrarse en Londres?

Audrey respiró hondo y decidió servirse un whisky.

--- En el mundo del espionaje todo es posible, "Big". Pero si lo es,entonces es una loca, en una misión suicida. ¿Escuchaste su discurso anoche? Arrojó al mundo entero contra ellos. Incluso yo tenía miedo de tanto odio. Si tienes planes de ir a Alemania después de la guerra, no creo que sea una buena idea.

--- ¿Leíste el informe de Central? ¿Creíste su historia?

Audrey se bebió el whisky de un trago y miró a su alrededor con la mirada perdida.

--- Francamente, no sé qué pensar, "Big". Pero, la mejor parte es cuando dice que el estadounidense falso usó el nombre en clave "Keeper".

Benjamin "Big Ben" Kostler finalmente logró reírse. Dejó la ventana y fue a beber un whisky también.

--- Eso fue genial. ¡El verdadero "Guardián" eres tú! Elegiste ese nombre en clave porque eras nuestro portero en el equipo universitario. ¿Cómo se sintió volar desde el techo de un tren con un traje mágico, Sr. Keeper?

--- Eso no tiene gracia, "Big". Sabes que estuve aquí contigo en Ámsterdam. Alguien fuera del MI6 está usando mi nombre en clave, haciéndose pasar por mí. ¿Alguien sabe quién soy?

--- ¿Es cierto? ¿Encuentras esto extraño?¿Y cómo se explica que una persona se golpee la cabeza en el Parque Laeken de Bruselas y se despierte en una casa de playa en el pequeño pueblo de Westkapelle, en el lado holandés de la frontera? ¿Cómo logró la mujer más buscada de Bélgica,con una recompensa de 100.000 marcos por su cabeza, cruzar más de 100 kilómetros de vigilancia alemana si estaba inconsciente?

--- ¿Ya descartaste la Resistencia Belga? – Preguntó el agente de campo.

"Big" se volvió aún más inquieto.

--- Es la única explicación que todavía tiene algún sentido. Aun así, es muy extraño.

--- ¿Que es extraño?

--- La herida de Nancy no era tan grave como para incapacitarla. Con alguna dificultad, podía correr un poco y disparar. Presume de haber atropellado a tres alemanes en la Plaza Liedts, y de habérselo pasado muy bien, corriendo en el techo de un tren a alta velocidad. Ella dice que le gustaba mucho montar a caballo, en la chaqueta mágica del "Guardián". Recuerda que estaba bien cuando voló sobre las murallas de Laeken y aterrizó en el suelo dentro del parque. Luego se apagó.

--- Keeper debe haberla golpeado en la nuca. - Dedujo Audrey.

--- ¿Pero por qué? ¿Por qué molestarla? Si hubiera sido pro-alemán, deseando la recompensa, no la habría salvado. Si hubiera sido la Resistencia, la habría mantenido muy alerta. ¡Estando inconsciente, este tipo tuvo que cargarla más de 100 kilómetros! eso tiene sentido para ti?

Terry pensó por un momento.

--- También me sorprendió el escondite que eligió, en Bruselas. El Palacio de Laeken es la residencia oficial del Rey de Bélgica. ¡El tipo se escondió en el patio trasero del Rey! Bien, está deshabitado y es un bosque privado, lleno de árboles. ¡Pero está rodeada de muros de más de dos metros de altura! Si los alemanes rodeaban las salidas, estaría acabado. Cómo pretendía salir de allí, más aún cargando a una mujer inconsciente, con un peso de unos 60 kilos, sobre los hombros? ¿Qué loco plan era este?

--- ¿Y la ventana de tiempo de este tipo? Nancy se despertó al día siguiente, ya en la casa de la playa, con hombres holandeses atendiendo su herida. Keeper recorrió los 100 kilómetros en menos de 24 horas, rodeado de vigilancia alemana. Tenía que tener algún avión, en alguna parte.

--- Pero también tendría que tener una pista para despegar, "Big". ¿De dónde despegó este avión, sin que los alemanes se dieran cuenta?

--- Es cierto. No se dieron cuenta de que estaban huyendo a Holanda en el Norte. Pasaron casi una semana buscando en Lille, en la Frontera Sur ¿Cómo podían estar tan equivocados?

--- Ahora, te pregunto: ¿Esto tiene sentido para ti, "Big"?
--- ¿Qué pensaba el Viejo Mansfield?
--- Que Nancy se había vuelto loca por falta de marido. Y Nancy saltó por su garganta.
--- ¡Que locura!
--- Fue un gran lío en Central. Incluso un ayudante del Primer Ministro tuvo que venir de Downing Street. No se vería bien que el Director General de Espionaje Británico fuera golpeado por una mujer, incluso si es la heroína más grande de Inglaterra. En resumen, esto es todo. Nancy jura que esa es la verdad, y el que no quiera creerlo, que se vaya al Infierno. Y Viejo Mansfield decidió pasar el informe. Aquí entre nosotros, él está aterrorizado de ella. Ella está más loca que él.

Pensamiento "Big" por un momento.

--- Nancy es periodista. Está acostumbrada a denunciar los hechos. Incluso si exageré algo, no creo que inventaría una historia tan absurda de la nada. Todo lo que ella informó, incluso Parque Laeken, fue confirmado por testigos. Allí quedó inconsciente, y despertó al día siguiente, en Holanda.
--- De donde fue rescatada por un barco inglés, y llegó a Londres.
--- Algo extraño sucedió en Parque Laeken esa noche, Terry. Pero ya pensaremos en eso más tarde. El Comisario nos invitó a una cerveza.
--- ¿Crees que seremos deportados?
--- Si nos convocaste para asistir a la Sede, seguro. Nos expulsarían de Holanda. Pero invitarte a tomar cerveza, en un bar... Confieso que me dio curiosidad.
--- Espero que tengas razón, "Big". No me gustaría volver a Londres ahora mismo. ¡Después de ser golpeado por Nancy, el "Viejo" se muere por vengarse de alguien!

xxxxxxxxxxxxxxxxxxxxxxxxxxxxxxxxxxxxxxxxxx

El Comisario Hubert Hinca había reservado una mesa discreta al fondo de la barra. Kostler y Audrey lo encontraron, se quedaron sin algunos bocadillos y bebieron una cerveza.

Inmediatamente, "Big Ben" Kostler se dio cuenta de que se trataba de una ocasión especial.Él e Hinca solían beber en el bar,y solo más tarde terminaron teniendo una conversación en una mesa. También notó que Hinca había reservado cinco sillas.
--- Ah, Sr. Kostler y Sr. Audrey. – Dijo el Comisario.Qué bueno que hayas podido venir.
--- Parece que tendremos invitados hoy, Señor Comisario. - Dijo Terry.
--- Supongo que sí. Oscar, mi asistente, me llamó diciendo que alguien lo había contactado. A esta persona le gustaría conocernos y hablar con nosotros, extraoficialmente. Confieso que soy tan curioso como tú.¿Qué conversación extraoficial podría interesar, al mismo tiempo, a la Policía Holandesa, a un agregado comercial inglés ya un vendedor de máquinas estadounidenses? Después de todo, eso es lo que eres, ¿no?

La mirada burlona de Hinca no dejó lugar a dudas.Los consideraba dos idiotas, sábelo todos. Debió mirar así a los ladrones de pollos, que se rasgaban los pantalones en las cercas.
--- Por supuesto, Comisario. – Respondió Kostler. --- Debe ser algo relacionado con el comercio y las costumbres. Y Terry tiene mucha experiencia en ventas. Debe ser eso.
--- Por supuesto. – Audrey estuvo de acuerdo.
--- Bueno, pronto lo sabremos. – Dijo Hinca. --- Ah, acaba de llegar Oscar. Y...

Todos los ojos en el bar se giraron para ver a la joven, rubia y hermosa chica que Oscar llevaba a la mesa. Llevaba un sombrero que era un poco demasiado extravagante, y era fácil ver que era una mujer joven de clase media alta.

Los caballeros se levantaron e Hinca acercó suavemente una silla para él. Los cinco se acomodaron y Oscar explicó.

--- La Señorita Kristine es estadounidense. Llegó ayer de Nueva York y me llamó esta tarde, pidiéndome encontrarme con el Comisario Hinca, el Agregado Kostler y lo Vendedor Audrey, en un ambiente agradable. Pensé que era el secretaria de...

--- ... de un hombre. Nunca me darías la bienvenida si supieras que soy una mujer. Y puedes llamarme Kris.

Hinca sonrió:

--- Muy bien, Señorita Kristine. Ahora sabemos que eres mujer. Que llegaron ayer de Nueva York, y que ya saben nuestros nombres. ¿Qué podemos hacer por una dama tan refinada, que encuentra en los bares ambientes agradables?

--- Puedes comprarme un refresco. Con unas gotas de ginebra.

Terry anticipó, con una sonrisa.

--- Este, pregunto. Sé un poco sobre las damas de Nueva York y creo que la Señorita Kristine debe tener una historia muy interesante que contarnos.

--- Sr. Audrey, usted es un caballero. Debe haber sido un excelente portero en el equipo universitario. Un gran "Keeper".

Kostler se volvió hacia Hinca.

--- Comisario, ahora también estoy interesado en la historia de la Señorita Kristine. Creo que esta conversación podría ser larga. ¿Podemos pedir algo de comer?

--- Sentirse libre. Pediré algo también. – Respondió Hinca.

--- Camarero, tenga la amabilidad de servir a la Srta. – Preguntó Kostler.

--- Solo quiero un bistec y papas. Puedes estar tranquilo. No soy como mi jefe. ¡Una Condesa Rusa, que lleva a un Capitán a La Rive y le hace gastar el salario de un mes!

Los cuatro hombres se congelaron. Hinca habló primero.

--- Tu jefe no sería...

--- Condesa Narodja, sí. Soy el nueva empleada de Maison Arkonak Rhugen. Creo que has oído hablar de él.

--- Sí, hemos oído. – Respondió Óscar.

--- ¿La perfumería necesitaba otra empleada? – Preguntó "Big Ben".

--- En realidad, estoy reemplazando a Jill. Tenía una relación complicada con un chico canadiense. Llegó a Amsterdam después de ella. Terminó escapándose con él. Kelly estaba abrumada, sola en el mostrador. Empecé hoy en el nuevo trabajo.

--- A ver si entiendo. Ayer llegaste de Nueva York. Conseguí el trabajo de inmediato, y comencé a trabajar como oficinista esta mañana. Por la tarde, la joven ya telefonea a un policía, pidiendo hablar con un Comisario y dos ciudadanos ingleses, en un bar. Tendría algunas preguntas para usted, Señorita. Pero no en un bar.

--- ¿Si ya conocía a los Arkonaks, y si vine de Nueva York, especialmente, para reemplazar a Jill? ¿Si fueran ellos los que me llamaron? Respuesta fácil: Sí. Si saben que estoy aquí, hablando contigo, en un bar? No. Espero que no me denuncien. Después de todo, hay cuatro caballeros.

--- Claro claro. Tu secreto esta a salvo con nosotros. ¿No es así, Señor Kostler? - Provocó Audrey.

--- Claro claro. – Asintió "Big Ben", sin mucha convicción.

--- Oh, ¿eres el novio de Sabrina? Ella me habló de ti. Ella fue quien me refirió a usted. Ella también sospecha de ellos.

Oscar trató de hablar, pero Hinca lo detuvo.

--- ¿Ella también sospecha? ¿Y qué sospechan ustedes dos?

Kristine respiró hondo y tomó un sorbo de refresco y ginebra.

--- Es una historia triste. De esos que se cuentan en los bares, llorando y bebiendo cerveza.

--- Espero que no tenga mucha experiencia con esto, Señorita Kristine.

--- Puedes llamarme Kris.

--- Cuéntenos su triste historia, Señorita. Entonces decidiremos si vale la pena llorar por ella, o no.

--- Lo mismo ocurre con la cerveza. – Advirtió el Comisario. --- Estaremos todos sobrios.

Kristine respiró hondo y se secó una lágrima falsa.

--- Érase una vez un anciano solitario, a pesar de ser multimillonario, una de las mayores fortunas de Estados Unidos. Posesivo y autoritario, convirtió la vida de su única hija en un Infierno. Tanto es así que la niña decidió huir. Adoptó un nombre falso y abordó un barco con destino a Europa.Desafortunadamente,el barco en el que abordó se llamaba Lusitania.

--- Una historia triste, de verdad.

--- Muy triste, una joven tan hermosa que desaparece en el mar. Y, por supuesto, un padre tan poderoso no podía aceptar eso pasivamente. Vengar la muerte de su hija se convirtió en su obsesión. Ojo por ojo, diente por diente. Inmediatamente, comenzó a usar toda su riqueza e influencia para llevar a los Estados Unidos a la guerra, para liquidar a los alemanes. Pero había un problema. Un presidente estadounidense pacifista.

--- Wilson sueña con un mundo de paz, donde todos vivan felices para siempre.

--- Exactamente. Wilson no es un padre, que perdió a su única hija. Pero un poderoso multimillonario no se detendrá, solo por un simple presidente. Tiene suficiente poder para ir a la guerra por su cuenta.

--- ¿Cómo?

--- Contratación de un grupo de mercenarios extranjeros. Básicamente actores de Broadway, con diferentes habilidades. Un Comandante, una Condesa, un Detective, un Profesor... pueden buscar a voluntad. Todas las identidades serán confirmadas. Ya está todo arreglado.

--- Entonces, el plan del Sr. Billonario sería vengarse del Imperio Alemán.

--- En una versión abreviada, sería atraer a los Estados Unidos a la guerra, invadir Alemania y estrangular al Kaiser con sus propias manos.O arrancarle el cuero cabelludo con un cuchillo, al estilo de los indios apaches.

--- ¿Y cómo piensas lograr todo esto?

--- ¿Cuál es su plan? Todavía no lo he descubierto. Por eso estoy allí de incógnito,como oficinista.

--- ¿Y quién, exactamente, envió a Señorita a espiar a los Arkonak?

--- Sr. Audrey, usted conoce los Estados Unidos. Un multimillonario poderoso tiene enemigos multimillonarios. Sólo tienes que saber que me pagan bien. La política no me interesa. Quién ganará la guerra no es mi problema. Pero si tu si quieres ayudarme a descubrir los planes de los Arkonak, el dinero no será problema.

Los cuatro hombres intercambiaron miradas sospechosas entre ellos. El Comisario Hinca se cruzó de brazos y la miró a los ojos.

--- Muy bien, Señorita. Entonces, me gustaría que me aclararas algunas dudas. Debes

haber estado siguiendo los movimientos de los Arkonak desde que fueron contratados
por el multimillonario en Estados Unidos.
--- Correcto.
--- Hace unos días, los periódicos informaron de la espectacular fuga de una agente
inglesa, la periodista Nancy Wake, de la Bélgica ocupada. Verá, no soy un ávido oyente
de la BBC, Londres, Radio Berlín, o Radio París. Pero como los periódicos no hablan de
otra cosa, no podía pasar por alto el hecho.
--- Entiendo.
--- El Comandante Azteca rara vez deja la perfumería, o sale de Amsterdam, por largos
periodos de tiempo. Sin embargo, estuvo fuera durante varios días, justo cuando
Nancy Wake huía de Bélgica. ¿Entiendes que la ausencia de un actor de Broadway,
contratado para hacer de militar perfumista, si es que existe tal cosa, precisamente en
el momento en que un agente inglés corre peligro, es demasiada coincidencia?
--- ¿Crees que es parte de su plan?
--- Eres una farsante, Señorita Kristine. Más falso que un billete de 3,50, impreso por
una sola cara. Si un estafador como tú realmente intentara infiltrarse en los Arkonaks,
ni siquiera pasaría el bastón de Chayse.

    Hinca apoyó los codos en la mesa y acercó su rostro al de Kristine.
--- Si de verdad estuvieras preocupada por salvar la cabellera del Káiser, habrías
llamado a la Caballería Alemana, y no a dos bribones ingleses, que, en este caso, son
peores que los indios apaches. Como eres nueva en Amsterdam, puedo darte la
dirección del Consulado Alemán, para que puedas ir allí y contar tus mentiras. ¿Te
infiltraste allí para descubrir los planes de los Arkonak? Te ahorraré el problema. Te
diré cuáles son sus planes.

    El Comisario tomó aire y trató de calmarse. Los Arkonak le hicieron hervir la
sangre.
--- Llegaron aquí a principios de Agosto desde el Mar del Norte en barco. Por alguna
razón, no sabían que el torpedeo del Lusitania había vuelto a casi todos los neutrales
contra Alemania. Principalmente, la opinión pública de los Estados Unidos. Es la única
parte que no pude entender. Lusitania fue noticia en todos los periódicos, radios y
revistas del mundo. No se habló de otra cosa durante meses. Entonces, ¿cómo podrían
no saber sobre Lusitania? ¿Dónde estaban, en algún refugio del Tíbet, donde no llegan
los periódicos? ¿En la Luna, en Marte?

    Cristina sonrió.
--- Eso estuvo caliente, Comisario.

    Los ojos de Hinca se agrandaron.
--- ¡Cáliente! ¡Por supuesto! Le he estado prestando atención a la Señorita, desde que
entró por esa puerta. Había algo extraño, simplemente no sabía qué. ¡Pero es claro!
¡La Señorita vio películas de Theda Bara! La rica heredera, disfrazada de oficinista. La
Señorita se viste como Theda Bara, se mueve como Theda Bara. Sólo tiene u problema.
Las películas de Theda Bara son mudas. La Señorita no sabe cómo Theda Bara, o las
chicas de Nueva York, en general, hablan. Así que la Señorita tuvo que improvisar,
hablando como Sabrina, una gaúcha del interior de Brasil, que juega "Caliente" o "Frío".
La Señorita es ridícula.

    El Comisario parecía más tranquilo. Intentaron detenerlo, pero él no los dejó.
---Llegaron en Agosto, con un disfraz imposible de mantener. Intentaron fingir que los
estadounidenses, los rusos y los canadienses eran neutrales. Dos meses después, en
Octubre, se dieron cuenta de que estaban haciendo el ridículo. Primer error. No

esperaban tener que quedarse más de dos meses aquí. Tenían la intención de entrar y salir, sin dejar rastro. Para empeorar las cosas, tuvieron una baja. No sé cómo, ni por qué, pero perdieron a Jill Dalshin. El Comandante Azteca es un excelente estratega militar. Incluso puedes entender la actuación y jugar a una calabaza si quieres. Pero es un militar, no un actor de Broadway. Yo estuve en su oficina y vi a sus soldados de plomo luchando en la Batalla de Gettysburg.

Se hizo el silencio en la mesa. Hinca continuó.

--- Yo no nací en la Policía, ¿sabes? Antes de ser oficial de Policía, serví en la Marina cuando era joven. Uno de mis hombres, hace unos días, planteó la posibilidad de que ustedes fueran soldados y no espías. Sentí ganas de volver a leer mis viejos Manuales, recordando los viejos tiempos. ¿Sabes lo que encontré? El Plan de la Batalla de Gettysburg. La posición de Caballería de Pickett estaba equivocada. Para él, Pickett no habría atacado el Artillería de la Unión Habría intentado una maniobra evasiva para dar tiempo al Ejército Confederado de escapar. La Unión habría ganado de todos modos. Pero las pérdidas confederadas serían mucho menores. Esto no es cosa de actores de Broadway, Señorita. Es cosa de un Comandante que conoce el horror de la guerra, que ama a sus soldados y no quiere exponerlos a sufrimientos inútiles. Azteca es un militar. Y de lo mejor. Y hay más.

De repente, a Hinca le entró apetito. Comió unas papas fritas y bebió la cerveza.

--- De todas esas tonterías que contaste, sobre los multimillonarios estadounidenses, para mí,solo quedó claro que son más poderosos de lo que pensaba.Cuentan con apoyo logístico. Tienen repuestos, para compensar pérdidas. Perdieron Jill,trajeron a Señorita, un reemplaza digna. La loca teoría de la expedición militar acaba de ganarse la vida.En cuanto a sus planes, puedo decírtelo, aquí y ahora.

Hinca cogió otra patata.

--- Allí, todos tienen un plan. Una razón personal para estar allí. Como llegaste hoy, te haré las presentaciones. Chayse y Kracory, por ejemplo. Un ciego y un enano. Dos seres excluidos de la sociedad. Invisible. despreciable. insignificante. Dos hombres tratando de demostrar que todavía son capaces. Capaces de hacer una diferencia en el mundo que los desprecia. No los subestimes. Cada uno, a su manera, son jugadores muy fuertes. Se han convertido en juegos varias veces.

El Comisario se acomodó mejor en su silla.

--- Sabrina, la huérfana que perdió a su madre y encontró una nueva familia.No sé qué será de ella cuando completen su misión y se vayan.Vive en un mundo de ensueño,con oportunidades y libertades que nadie le daría en ningún otro lado. Kelly. Kelly estaba muy unida a Jill. Eran inseparables. No sé qué le pasó a Jill, pero Kelly se volvió vulnerable. Sea lo que sea, ella podría querer unirse a su amiga. La Condesa hizo muy bien en traerte, en vigilar a Kelly,y también Sabrina. Lo que le pasó a Jill podría pasarle a sus dos amigas.

Hinca observó a Kristine con expresión divertida.

--- El Comandante Azteca accedió a abordar un barco lleno de agujeros, y ahora está tratando de remediar la situación lo mejor que puede. Pero la gran desconocida allí es la Condesa Narodja. ¿Era realmente tan ingenua como su marido? ¿Por qué vino? ¿Lo que ella quiere? ¿Por qué creaste un sub-equipo de chicas? ¿Tiene otra misión en particular dentro de la misión principal? ¿Y por qué te eligió a ti, Kristine, para reemplazar a Jill?

El Comisario se comió la última patata de su plato y se cruzó de brazos, mirando a Kristine.

--- Mi conjetura es que usted era el Número 2, la mano derecha de la Condesa, allá por donde vino. Debes ser el capitán del equipo, que vino a preparar el contraataque. Eres un pícara, que ve una película muda, viste la ropa de la chica e invita a cuatro hombres a tomar cerveza en un bar. Viniste a pagarle a quien se llevó a Jill.Muy bien,bienvenida a los Países Bajos. Pero quiero que lleves un mensaje mío a tus jefes. Sé exactamente lo que está haciendo Azteca. Es porque.

   Hinca se acercó a Kristine.

--- Sus soldados son superados en número y rodeados. Tenía que ganar tiempo y aliados, eligiendo un bando, en una guerra que no era la suya. Decidió quedarse con los anglo-franceses e hizo de los alemanes su enemigo. Si las cosas se ponen difíciles en los Países Bajos, no tendría adónde ir. Eso, por supuesto, si no puedes volver a tu verdadero hogar. Muy bien.

   El Comisario señaló a Kostler y Audrey.

--- Por eso Azteca fue a Bélgica a salvar a Nancy Wake. Para ganar crédito, con tus nuevos amigos. Una maniobra evasiva. Exactamente lo que pensó el el General Lee debería haberlo hecho en Gettysburg. Pero no se lo digas a estos dos tipos. Que se rompan un poco la cabeza. Hasta que puedan conectar los puntos.

   Hinca dejó una nota sobre la mesa y se levantó.

--- Bueno, Señorita Kristine. Creo que tendrás mucho de qué hablar con tus nuevos amigos. Desafortunadamente, tendré que retirarme para no saber el contenido de la conversación. Si me entero, tendré que tomar una acción muy desagradable. Oscar, sé muy bien por qué eligió buscarte. ¿Te gustaría quedarte y unirte a su conversación?

   Óscar negó con la cabeza, no. Pero el policía holandés, ¿quién, - en secreto? – el Deuxieme Bureau también funcionó, apenas podía ocultar su alegría.

--- No, Comisario. También tengo que irme temprano a casa.

   Oscar dejó su nota sobre la mesa y se fue con el Comisario.

   El "Big Ben" esperó a que se fueran y luego se volvió hacia Kristine.

--- Entonces, bienvenida a los Países Bajos. ¿Podemos pagarte algo? Los pasteles holandeses son geniales.

--- Primero, tendrás que prometer una cosa. - Ella dijo.

--- ¿Lo que sería? – Preguntó Terry Audrey.

--- Si prometes no enviar más vagabundos a buscar nuestro transmisor, prometemos no poner más arañas en su ropa interior.

   Terry se rió.

--- Su país debe ser muy liberal.Los hombres suelen usar ropa interior,no ropa interior. Y las damas a menudo usan enaguas. Incluso en Nueva York, así es como suele funcionar.

--- Que sea. ¿Tenemos un acuerdo? – Preguntó el alienígena,invasora de la Tierra, Año 1915.

   "Big" se volvió hacia su compañero.

--- Entonces, Terry. ¿Crees que los chicos extrañarán las arañas?

--- Un poco. Pero creo que pueden vivir sin ellos. - Dijo riendo.

--- Entonces, trato cerrado. Sin invasiones, sin arañas, Señorita Kristine.

--- Puedes llamarme Kris. Kris Montrown.

     XXXXXXXXXXXXXXXXXXXXXXXXXXXXXXXXXXXXXXXXX

--- Veo que ha tenido un encuentro difícil, Teniente Montrown. - Dijo Chaise.
--- ¿Teniente? ¿Usted también es Teniente? – Preguntó Sabrina, asombrada.
--- Sabrina, quiero presentarte a la Teniente Kristine Montrown. Excepto que ella no es del Ejército de Polarian, como Jill y Kelly. Ella es de Contraespionaje de Vega-Centauro.
--- ¿El mismo planeta que el Comandante y Chayse?
--- Ese mismo. Y por lo que he visto, estás en un gran problema. Ese policía terrano, Hinca, está medio pie detrás de ti.
--- Sería muy tonto pensar que lo vamos a engañar para siempre. Si nos expulsan de Holanda, tenemos que tener un Plan B. ¿Cómo fue con los británicos?
--- Estaban en un estado de éxtasis. Ya ni siquiera quieren saber de dónde eres. Solo sé que están en contra de los alemanes. El grande, Kostler, parecía un niño.
--- No "parece". - Dijo Sabrina. --- "Big" es un niño.
--- ¿Y su próximo movimiento, Teniente?
--- Conoce a Madame Lupin.
        Sonja Narodja, en la oficina del primer piso, recibió una señal de Kelly, que estaba en la tienda de la planta baja.
--- ¡Oh! – Ella dijo, --- Entonces, puede ser ahora mismo. La Duquesa de Ramblatt acaba de entrar en la tienda. Acompañado por Jill.
--- ¿Ella trajo a Jill aquí?
--- Fue acordado. La reunión de Jill y Kelly sería aquí, en la Maison. Simplemente no pensé que ella vendría.
--- ¿Vas a bajar a encontrarte con ella abajo?
        Azteca intervino.
--- No, después de todo, ella es una Duquesa. Pídele a Kelly que cierre la tienda y sube las escaleras con los dos. Reúnase con ellos aquí, en la oficina. Sirve té y galletas. No les tenemos miedo.
--- Hombres. Si los conociera bien, lo habría hecho. - Sonja se rió. --- Envíalos arriba, Kelly. Cierra la tienda y ven con ellos.
        Poco después, la Duquesa Charlotte Ramblatt, también conocida como Madame Lupin, entró en la oficina de la Condesa Narodja, acompañada por Jill y Kelly.
--- ¿Estás aquí para una visita social, Charlotte?
--- Eso también. Siempre quise conocer su Maison. Por cierto, vine a echar un vistazo a tus perfumes. Y tu nuevo empleado. El que reemplazó al Teniente Dalshin del Ejército del Planeta Polaris.
        Sonja Narodja sonrió irónicamente.
--- Bueno, le presento al Teniente Kris Montrown, de Contraespionaje de Vega Centauro.
--- ¡Guau! ¿Otra teniente? ¿Cuántas tenientes mujeres tiene en su Federación?
--- Una porción, Charlotte.
--- Si voy contigo, en tu nave espacial, ¿podré convertirme en teniente también? Con uniforme, botas, cinturón...
--- Desafortunadamente, ya tenemos sobrepeso, Madame Lupin.
--- Ah claro. Debe ser el Profesor Kracory y sus cajas de bombones.
        Madame Lupin rodeó la habitación. Observó la decoración, los muebles, los cuadros. Había una envidia no disimulada en su expresión.
--- Tienes el dinero para montar otro gabinete de este tipo, Charlotte. – Dijo Sonia.
        La Duquesa reaccionó como un animal herido.
--- ¿Dinero? ¿Crees que es dinero lo que estoy viendo aquí? Estoy viendo un montón de bestias rabiosas, listas para tirar todos los planetas espaciales en mi cabeza, sólo

porque tengo uno de ellos.

Charlotte Lupin desvió la mirada hacia una estantería.

--- No, Sonia. Si me secuestraran, ningún hombre arriesgaría su vida en Bélgica, solo por el derecho a volver a verme y saber que me están tratando bien. Por lo contrario. Los hijos de mi difunto esposo me están demandando en la Corte, diciendo que le robé a su padre. Y si no hago nada, ellos ganarán, solo porque son hombres. Si estoy en un tren fuera de control, ningún caballero errante aparecerá, con alas escondidas en su abrigo, para salvarme, Sonja.

--- Después de todo, ¿qué quieres, Charlotte?

Lupin señaló a Rodolfo Azteca.

--- ¡Quería ver esto! ¡Un superhéroe sonrojado de vergüenza! ¡Por pelear por un empleada! Porque eso era lo que era Jill. ¡Un empleada! No importa lo que ella fuera en tu planeta. Aquí en la Tierra, tuvo que disfrazarse de oficinista, para no ser llevada, en camisa de fuerza, a un manicomio. Allí recibiría descargas eléctricas, ¡hasta que empezó a contestar lo que a los médicos les gustaría escuchar! El objetivo de la Medicina Terran es hacer que los pacientes sean aceptables. ¡Para los médicos!

--- Un día, eso cambiará, Charlotte. No siempre será así.

--- ¡Oh! Conoces el Futuro. Sólo que no estaré aquí para verlo. ¿Es eso lo que quieres decir?

--- ¿Qué quieres saber de nosotros?

--- Cualquier cosa. Necesitaba verlo, con mis propios ojos, de lo contrario, no podía creerlo. ¡Toda una Galaxia, movilizada por un empleada!

Sonja le sirvió té y galletas.

--- No vendrías hasta aquí solo por eso, Charlotte.

Charlotte Lupin Ramblatt se enfrentó al grupo.

--- Tengo un mensaje del Coronel Dupont.

--- ¿Un mensaje del Director General del Deuxieme Bureau? ¿Por qué no estoy sorprendido?

--- ¿Qué planea esta vez, Madame Lupin?

--- ¡Trabajamos bien juntos! El Comandante salvó a Nancy; mis chicas hicieron las acusaciones falsas, llenaron Bélgica de rumores. Volvieron locos a los alemanes, perdieron una semana entera, sitiando Lille. Ellos también se arriesgaron para salvar a la inglesa.

--- ¿Qué es lo qué quieres?

--- Le conté a Dupont sobre nuestra Operación. Quiere que sigamos trabajando juntos.

--- ¿Tu que? – El asombro fue general.

--- ¿Nos mencionaste al Servicio Secreto Francés?

--- No dije que fueran extraterrestres. No soy loca. Dije que un agente, un estadounidense, pidió mi ayuda en la Bélgica ocupada. Sólo eso.

--- ¿Y creyó?

--- Desde el Lusitania, todos esperan alguna reacción de los americanos. Era natural para él creer.

Azteca miró directamente a Lupin.

--- Resulta, Duquesa, que a pesar de ser un superhéroe, un caballero andante y todo eso, no tenemos intención de involucrarnos más en su guerra. Como Boy Scouts, ya hemos hecho nuestra buena obra. Ahora llega.

Lupin se rió.

--- Comandante, ¿en qué planeta vive? Las guerras no funcionan así.

La Duquesa miró a la Familia Arkonak.

--- Querías ver cómo está Jill. Está muy bien vestida y bien alimentada. De día, es mi secretaria personal. Por la noche... un poco más que eso.

--- Saber.

--- Como secretaria, una de sus tareas es seguir las noticias. Principalmente a través de la radio.

--- ¡Está operando una radio Deuxiéme! - Dijo Kracory.

--- El Coronel preguntó cómo una mujer había aprendido a manejar una radio tan bien. Dije que tenía un hermano operador belga que murió durante la invasión alemana. Y que ella había aprendido de él.Entonces,fue aceptada como colaboradora de Deuxieme, bajo la supervisión de un comandante. Gracias a su éxito, logré ponerla bajo las órdenes directas del Coronel Dupont.

--- Muy bien. El Teniente Dalshin no es un agente. Es una colaboradora, una civil que colabora. Gracias a nuestro éxito, fue ascendida de sirvienta de Mayor a sirvienta de Coronel.

--- Si les ganamos la guerra, ella puede convertirse en la sirvienta de un General.

--- Escucha. Necesitaba ganarme la confianza del Coronel Dupont. Necesito su ayuda y la de Deuxieme para enfrentar la demanda contra mis adorables hijastros caníbales.

Azteca sacudió la cabeza, consternado.

--- Profesor Kracory, ¿está seguro de que el antídoto está realmente en este pequeño y miserable planeta? Quizás, si echamos un vistazo a Marte, o a las Lunas de Saturno...

Los ojos de Lupin brillaron.

--- ¡El antídoto! ¡El antídoto que buscas! ¡Este es el punto!

--- ¿Qué pasa con el antídoto?

--- El antídoto en forma de perfume. Si alguna vez existió un perfume sobre la Faz de la Tierra, algún francés logró llevárselo a Francia. ¡Los franceses están locos por los perfumes!

--- Y...

--- Estás a punto de ser expulsado de los Países Bajos. El Comisario casi arresta al Teniente Montrown ayer en el bar.

--- Oscar está siendo un gran informante. Sabías sobre el nuevo secretario y sobre el Comisario.

--- Y Willi está siendo un gran agente alemán. Él es quien dedujo que estás en el ejército y, efectivamente, ya transmitió su corazonada a Berlín. No te equivoques. Nicolai no es idiota. Ya se ha dado cuenta de que algo raro ha pasado en Bruselas con Nancy. Y Fraulein Doctor volverá, mejor preparada. Y Sebottendorff también. Tú necesitará ayuda, en este pequeño y miserable planeta.

Los Arkonak se miraron entre sí. La Madame Lupin tenía razón.

--- ¿Cuál es tu propuesta, Charlotte?

--- Ayúdame a asegurar mi herencia. Ayuda a Deuxieme, ayuda a Francia a ganar la guerra. A cambio, Francia te recibirá con los brazos abiertos. Como perfumistas franceses, podréis viajar por todo el mundo; poner el mundo patas arriba,buscando ese antídoto. Todas las fronteras están abiertas para ti.

--- ¿Sabe lo que puede pasar si nos traiciona, Madame Lupin?

--- Ya tengo bastantes problemas dentro de mi familia, Sr. Chayse. No necesito buscar confusión con otras Galaxias.

El Azteca la miró directamente a los ojos.

--- Sabrina es de una familia austriaca. Ella va con nosotros,dondequiera que vayamos.

Si ella tampoco es bienvenida, nada hecho.
--- Escuché que ella es brasileña, y le conseguiste la ciudadanía suiza, debido a su abuela. Y si ella quiere, puede...
--- Charlotte! - Sonja se molestó.
--- ... puede venir a Francia. A eso me refería. – Sonrió Lupin, con aire de inocencia.
  Chayse golpeó su bastón en el suelo.
--- Una vez fui oficial de Policía, Madame Lupin.
--- Sí, lo sé, Inspector Chayse.
--- Escuché que tu padre tenía muchos defectos. Pero era un hombre de palabra. Y nunca abandonó a un amigo.
--- Honor entre ladrones, Sr. Chayse. El mundo no es todo negro, ni todo blanco. Es mitad gris claro, mitad gris oscuro.
--- ¿Y pretendes preservar la tradición del nombre Lupin?
--- Nuestra tradición hizo de mi padre una leyenda. Si traiciono esto,no me queda nada en este pequeño y miserable planeta.
  Había silencio. Finalmente, Chayse golpeó su bastón contra el suelo.
--- Recomiendo un voto de confianza para Madame Lupin. Ella está muy desesperada. Más que traer a Jill, vino a pedir nuestra ayuda. Sus malvados hijastros no solo quieren quedarse con el título de Duquesa y su dinero. Quieren destruirla,de una vez por todas. Si logran recuperar el patrimonio, contratarán asesinos, para cazarla hasta el fin del mundo. Ella no solo está luchando por dinero. Estás luchando por tu vida. No creo que traicionarías a alguien que te salvó la vida. Pero podría estar equivocado. Mi voto es "Sí". Sabrina, ¿cuál es tu voto?
  Sabrina miró a Lupin.
--- ¿De verdad piensas tener sexo conmigo? – Preguntó, a quemarropa.
  Charlotte sonrió.
--- Eres el única terrícola del grupo. Conoces a los terrícolas mejor que ellos. ¿Qué piensa usted?
  Sabrina negó con la cabeza.
--- Prefiero abstenerme. Ella es una bandida, pero también lo son los parientes de su marido. Si digo "Sí", puede secuestrarme como lo hizo con Jill. Si digo "No", puedo condenarla a muerte y entregar su fortuna a sus hijastros bandidos. Me abstengo. Prefiero seguir al grupo.
  Lupin la miró de arriba abajo.
--- Cuando encuentren el antídoto y se vayan, serás una Valquiria increíble. Equilibrada y justa.
--- ¿Todavía puedo votar "No"? - Sabrina preguntó, irritada.
--- Votación agotada, Sabrina. Ganó el "Sí". – Dijo Sonia.
  Luego se acercó a Lupin, mirándola directamente a los ojos.
--- Te ayudaremos, pero te estaremos vigilando. No nos defraude, Señora Duquesa Charlotte Lupin Ramblatt.

FINAL